Mae'r haul wedi codi ac mae'n bryd i Rwdlan godi hefyd.

Mae'r haul yn codi bob bore.

Dyma'r wawr.

Mae'n olau.

Mae'n ddydd!

Bob nos, mae'r haul yn mynd dros y gorwel.

Dyma'r machlud.

Mae'n dywyll.

Sh!

Mae'n nos...

Yn y nos, dydy'r Dewin Dwl ddim yn gweld.
Mae'n dywyll fel y fagddu.

Pan mae'n gwawrio, mae'n ddydd.
Mae'n gweld popeth.

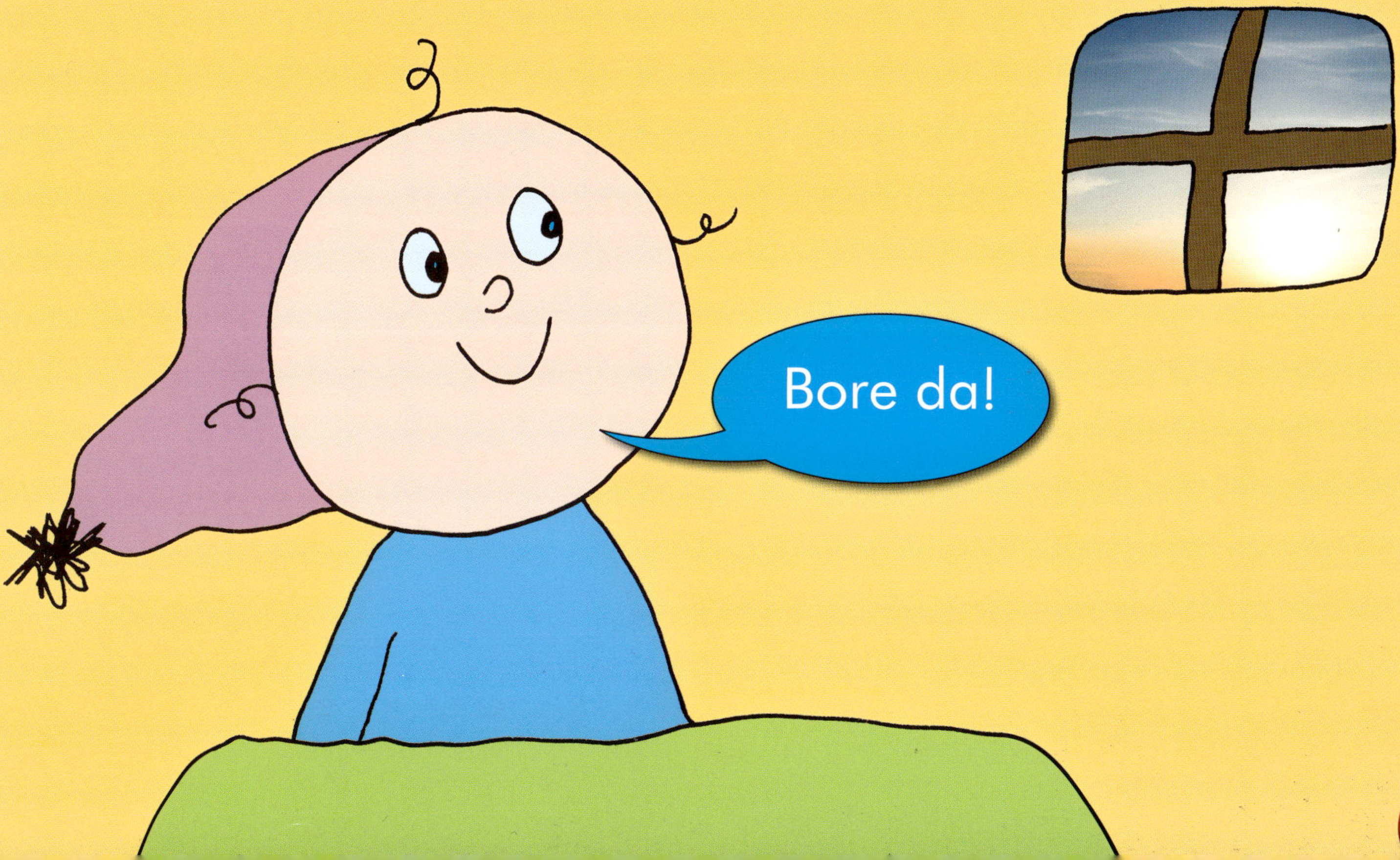

Mae'r haul yn chwarae triciau.

Pan mae'r haul yn uchel yn yr awyr, mae'n taflu cysgod byr.

Pan mae'r haul yn isel yn yr awyr, mae'n taflu cysgod hiiiiiir!

Yn yr haf mae'r dydd yn hir.

Yn y gaeaf, mae'r dydd yn fyr.

Ond tybed ble mae'r haul yn cuddio yn y nos?

Dydy'r dewin bach ddim yn gwybod Y Gyfrinach Fawr.

Dewin Dwl! Mae'r byd yn troi a throi a throi!

Mae'r haul yno o hyd.

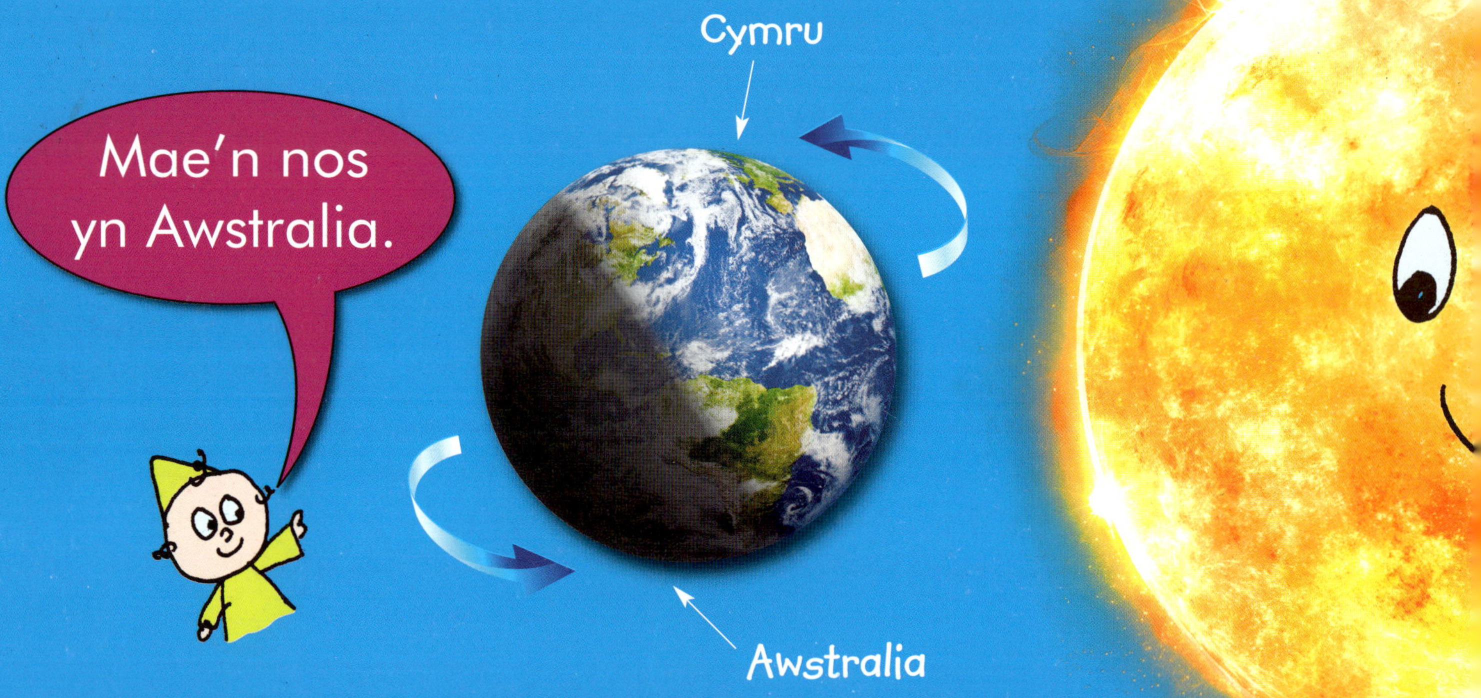

Pan mae Cymru'n wynebu'r haul
mae'n ddydd i ni.

24 awr yw diwrnod ar ein byd ni.

Pan mae Cymru'n troi oddi wrth yr haul, mae'n nos i ni.

Yn y nos, mae'r Dewin Doeth yn edrych drwy ei sbienddrych.

Mae'r sêr yn bell, bell, bell.

Peli o dân ydy'r sêr.

Carreg ydy'r lleuad.

Mae'r sêr yn sgleinio.

Dydy'r lleuad ddim yn sgleinio.

Mae'r lleuad yn adlewyrchu golau'r haul.

Beth am fynd am dro i'r gofod?
Syniad gwych!

Y Ddaear ydy'n byd ni.

Mae pob planed yn troi a throi ac yn teithio o gwmpas yr haul.

Seren o dân ydy'r haul.

Neifion
Wranws
Sadwrn
Iau
Mae dydd a nos ar bob planed.

Y Ddaear yn troi mewn cylch cyfan
un waith = diwrnod

Y Ddaear yn teithio o gwmpas yr haul
un waith = blwyddyn

Oes bywyd ar y planedau eraill?
Na, welson ni neb...

Mae'n dda mynd am dro yn y nos.
Mae'n fyd gwahanol.

Rydyn ni'n byw ar blaned ddiddorol iawn.